# 花のうた

「はなびら」と点字をなぞる　ああ、これは桜の可能性が大きい

笹井宏之

好きな人が幸福である嬉しさよ全ての四季の花が香って

中村森

花束をもらってすぐに嗅いでいるきみをわたしは正しいとおもう

橋爪志保

「キバ」「キバ」とふたり八重歯をむき出せば花降りかかる髪に背中に

穂村弘

日溜りに置けばたちまち音立てて花咲くような手紙がほしい

天野慶

どうしようもないほど無敵桜の木折っても誰にも咎められない

手塚美楽

拾い集めた花びらが吹き飛んで楽しい時は風上にいる

ナイス害

席を立つときそのままでいいですと言われた　春の花瓶の横で

佐クマサトシ

押しボタン式だとわかるまでの時間なにかの花が満開だった

丸山るい

新聞が花をつつんで置いてある　よみがえるなんて久しぶり

我妻俊樹

# 花束を抱えて乗ってきた人のためにみんなでつくる空間

木下龍也

花といえば桜になるのは変だけど、花なんて桜しか知らないな

青松輝

こぼれたるミルクをしんとぬぐふとき天上天下花野なるべし

水原紫苑

マーガレットとマーガレットに似た白い花をあるだけ全部ください

岡野大嗣

たんぽぽの河原を胸にうつしとりしずかなる夜の自室をひらく

内山晶太

菜の花を食べて胸から花の咲くようにすなおな身体だったら

山階基

ずっと味方でいてよ菜の花咲くなかを味方は愛の言葉ではない

大森静佳

# それはたとえば、百年育てて咲く花を信じられるかみたいな話？

初谷むい

かなしんでいると不思議と寄ってくるペットのように咲く雪柳

長谷川麟

# 県立の入学式に満開の県民税で育った桜

鈴木ジェロニモ

桜舞う森でピースで立ったまま散るな笑うな　最終回かよ

上坂あゆ美

さくらさくらいつまで待っても来ぬひとと
死んだひととはおなじさ桜！

林あまり

ベランダが花で汚れる　はじまりの予感を雨が連れ去っていく

宇野なずき

花びらをビニール傘に貼り付けてそこに居た時間がうつくしい

寺井奈緒美

葉桜がみどりの中に融けてゆく声から君を忘れてしまう

近江瞬

わたしクラスで最初にピアスあけたんだ　君の昔話にゆれる野あざみ

宇都宮敦

看板の下でつつじが咲いている　つつじはわたしが知っている花

永井祐

白つつじは忘却の果て　人生で最初に選んだプレゼントは何

北谷雪

花水木の道があれより長くても短くても愛を告げられなかった

吉川宏志

# スクランブルエッグとぼくらが呼んでいる木香薔薇がなだれるところ

堀静香

栗の花蹴散らしながら行く道のどこかに君はいないだろうか

五島諭

濡れたまま重ね合う胸あおい花のどにこぼれるまでを愛した

東直子

芍薬をきみにあげたい芍薬は、大きい、鮮やか、花びら、たくさん

谷川由里子

「ぼく」という一人称のすずらんの花の内より蜘蛛の子あふるる

北山あさひ

立ち葵　希死はときおりきらめいてことばこぼれるまえのからだは

井上法子

ありとある趣味を試してやめてみてラベンダー畑を抜けてゆく

濱田友郎

南天は花をつけつついないとはいないところにいるということ

土岐友浩

眼裏に一本のライラックあり触れられぬからいつまでも咲く

馬場めぐみ

戦争が（どの戦争が？）終つたら紫陽花を見にゆくつもりです

荻原裕幸

コピー機の足りない色に紫陽花はかすんでここに海があったの？

吉田竜宇

ピーマンの花言葉が「海の恵み」だってこと誰かに言いたいよ

水野葵以

キンギョソウのおしゃべりに耳を傾けてみたけどただのさよならでした

谷じゃこ

花の世話に飽きるわたしに選ばれて不幸なセントポーリアの種

小坂井大輔

ヒマラヤの青芥子の花一目見に来たけどべつにフツーの花だ

奥村晃作

季節ごと花の名前を変えているパスワードあり今は yuugao

中井スピカ

ユリの花粉指にかかって怖くなる飾りじゃなくて生きていること

揺川たまき

百合をうかべたのはわたし　みずうみに張りついている空傷つける

江戸雪

花積めばはなのおもさにつと沈む小舟のゆくへは知らず思春期

光森裕樹

わたしたち、　って主語をおおきくつかってることわかってて梔子の花

井口可奈

生まれたらゆれるしかないゆれながらひらくしかない睡蓮咲いた

川野里子

ヘヴンリー・ブルー　花であり世界でありわたくしであり　まざりあう青

早坂類

宿敵として出会えたらヒマワリでなくどの花を贈っただろう

山中千瀬

花提げてゆく妹の影ひとつわれの日傘の影に入れたり

睦月都

枯れたからもう捨てたけど魔王つて名前をつけてゐた花だつた

藪内亮輔

さよならは早めに言うのといいながらあなたは蘭の香りをまとう

千種創一

ああちやんとだめにならうよ切り花の枯れて視線を集めるやうに

本多真弓

二元論ばかり行き交ふ白昼はただ花として眠つて過ごす

小佐野彈

きみの書くきみの名前は書き順がすこしちがっている秋の花

阿波野巧也

ガーベラもダリアも花と呼ぶきみがコスモスだけはコスモスと呼ぶ

くどうれいん

アパートまで送ってもらうこの夜のどこかで金木犀が咲きだす

上澄眠

みんなどの秋にキンモクセイのにおいって教えてもらったんだよ

伊舎堂仁

花全部、私をバカにして咲いている《可能性》すら見出せる

水野しず

花を踏む　咎める人の足元はコンクリートで幸せですね

ショージサキ

吾亦紅わたしもあかい秋の花血の色のさざめきが奇麗ね

尾崎まゆみ

無性愛者《アセクシャル》のひとはやつぱりつめたい、とあなたもいつか言ふな　だありや

川野芽生

彼岸花のにおいを嗅いだことがない五秒間だけ目を閉じて行く

椛沢知世

もしわたしが廃劇場を持ってたら縫い縮めて薔薇をつくろうかなあ

平岡直子

くちびるを押しあてられたその日からわが傷跡を花と信じる

松野志保

俺とお前が情熱的に蔑めば歯ブラシにさえ薔薇は咲くのだ

奥田亡羊

花瓶だけうんとあげたい絶え間なくあなたが花を受けとれるように

笠木拓

口ぐせをうつしあったらばらの花いつまでもいつまでも残るよ

伊藤紺

「ねえ、これは藤棚だよね？」と上を指しそのころに会う約束　淡い

小俵鱚太

花束を分けて花束を持ち帰る夜道に掲げながら歩いた

廣野翔一

くるう、っ

て喉の奥から言ってみるゼラニウム咲きほこる冬の庭

山崎聡子

花束と約束　忘れたいことを十三月の日記にしるす

石井僚一

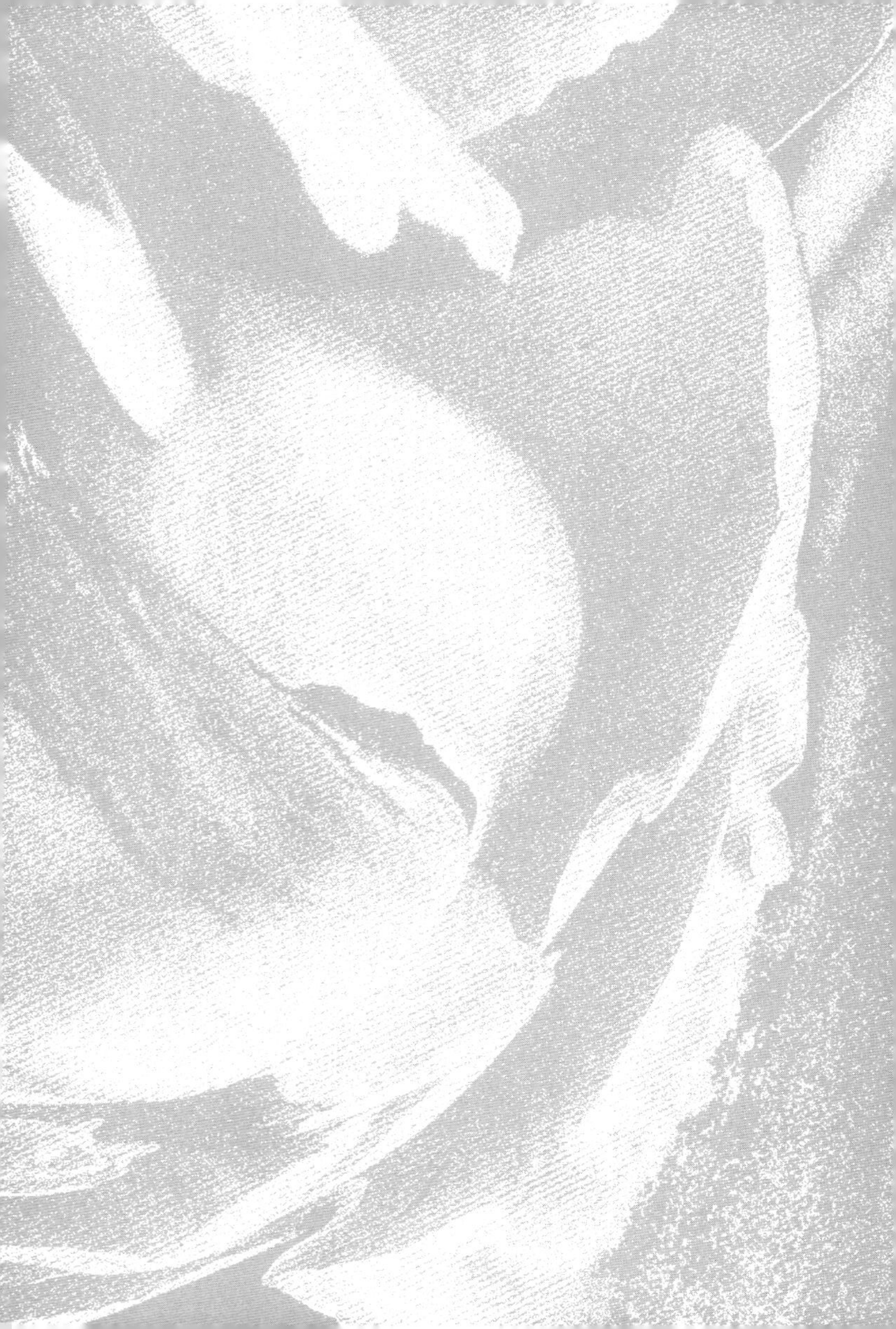

人類各位　地球最後の日になりました。花かんむりをつけてください。

太田垣百合子

# 水仙と盗聴、わたしが傾くとわたしを巡るわずかなる水

服部真里子

捨ててきた「もし」の種から咲く花はあんなにきれいで見てはいけない

沼尻つた子

自分こそ誰かの記憶かもしれず椿の奥に講堂がある

小島なお

チューリップの花咲くような明るさであなた私を拉致せよ二月

俵万智

天才じゃなくても好きっていったことごめんね　きれいなドライフラワー

藤宮若菜

咲いている重みでしなるフリージア　きみにはそういう星だったこと

黒井いづみ

花なんか入れやがつてと言つてほしい棺なんて狭いところから出て

金田光世

花中葬　今は悲しいまま進み　いつか追い抜くつもりの二十歳

木村比呂

咲きすぎの造花に鼻を押し付けて本当のような嘘をつくこと

鈴木晴香

たくさんの小さなタンポポを摘んで少し大きなヒマワリにした

川村有史

数式を誰より典雅に解く君が菫の花びらかぞへられない

笹原玉子

冷たい水いくらのんでもおまえのように生きられねえよ　ヒヤシンス　咲く

佐佐木定綱

いまきみがどこかに生きていることを春かたくりの花が開けば

錦見映理子

パイプ椅子折りたたむとき、　ついにきみ来なかったよね　花は持っとく

中山俊一

花小金井の花の部分に住めたなら生きてあなたと養蜂でもして

藤井柊太

いいことはなんもないけどももいろの花をながめてだましだましだ

工藤吉生

# 白木蓮もういないあの人たちがあたしのために使ったティッシュ

高柳蕗子

満開の桜をゆうべ見たけれど梅だったのか夢だったのか

枡野浩一

チョコバーが抜け出たあとの包み紙故郷の花に似ていて拾う

雪舟えま

花の盛りのその下を屈んで通る　心で全世界と話したい

丸田洋渡

あなたと過ごした日々は小さな旅だった　空っぽの花器の美しいこと

岡本真帆

摘む花をすべて忘れて僕たちがずつと寂しくありますように

山田航

シロツメクサの花輪を解いた指先でいつかあなたの瞼を閉ざす

堂園昌彦

春の日のななめ懸垂ここからはひとりでいけと顔に降る花

盛田志保子

# 著者紹介・出典

掲載順

笹井宏之　ささい・ひろゆき

一九八二年生まれ、佐賀県出身。第四回歌葉新人賞受賞。二〇〇七年、短歌結社「未来」入会。同年、未来賞受賞。二〇〇九年逝去。歌集に『えーえんとくちから』『ひとさらい』『てんとろり』。

P.3　「はなびら」と～

『えーえんとくちから』（ちくま文庫）

中村森　なかむら・もり

島生まれ、東京都出身。歌集に『太陽帆船』。

P.4　好きな人が～

『太陽帆船』（KADOKAWA）

橋爪志保　はしづめ・しほ

一九九三年生まれ、京都府出身。「羽根と根」「のど笛」「ジングル」同人。第二回笹井宏之賞永井祐賞受賞。歌集に『地上絵』。

P.5　花束を～

『地上絵』（書肆侃侃房）

穂村弘　ほむら・ひろし

一九六二年生まれ、北海道出身。「かばん」会員。第四四回短歌研究賞受賞。評論、エッセイ、翻訳、絵本など多ジャンルで活動。歌集に『シンジケート』『ドライドライアイス』『手紙魔まみ、夏の引越し（ウサギ連れ）』『ラインマーカーズ』『水中翼船炎上中』（第二三回若山牧水賞）。短歌評論集『短歌の友人』（第一九回伊藤整文学賞）。エッセイ集『世界音痴』『もしもし、運命の人ですか。』『鳥肌が』（第三三回講談社エッセイ賞）など著書多数。雑誌『ダ・ヴィンチ』での短歌投稿連載「短歌ください」では、長期にわたり後続の歌人を多数輩出している。

P.6　「キバ」「キバ」と～

『シンジケート［新装版］』（講談社）

**天野慶**　あまの・けい

一九七九年生まれ、東京都出身。短歌結社「短歌人会」所属。歌集に『テノヒラタンカ』『つぎの物語がはじまるまで』など。絵本に『にこにこいっぱいあいうえお』（絵・まつおりかこ）など著書多数。かるた『はじめての百人一首』考案、カードゲーム『57577 ゴーシチゴーシチシチ』（原案／ゲームデザイン・なべとびすこ）ゲームデザインなど。

P.7　日溜りに～

『つぎの物語がはじまるまで』（六花書林）

---

**手塚美楽**　てづか・みら

二〇〇〇年生まれ、東京都出身。歌集に『ロマンチック・ラブ・イデオロギー』。インスタレーション、パフォーマンス、文章表現による作品制作をおこなう。

P.8　どうしようも～

『ロマンチック・ラブ・イデオロギー』（書肆侃侃房）

**ナイス害**　ないす・がい

ネット短歌結社「なんたる星」所属。歌集『フラッシュバックに勝つる』を私家版で刊行。

P.9　拾い集めた～

『なんたる星』わっしょい号

---

**佐クマサトシ**　さくま・さとし

一九九一年生まれ、宮城県出身。二〇一八年に平英之、N/W（永井亘）とともにWebサイト「TOM」を開設、二〇二〇年まで短歌作品を発表。歌集に『標準時』。

P.10　席を立つとき～

『標準時』（左右社）

**丸山るい**　まるやま・るい

一九八四年生まれ。短歌結社「短

歌人会」所属。第二十二回髙瀬賞受賞。短歌二人誌『奇遇』を岡本真帆と発行。

P.11　押しボタン～

『短歌研究』二〇二〇年九月号（短歌研究社）

**我妻俊樹**　あがつま・としき

一九六八年生まれ。神奈川県出身。歌集に『カメラは光ることをやめて触った』。二〇〇五年に第三回ビーケーワン怪談大賞を受賞、怪談作家としても活動。

P.12　新聞が～

『カメラは光ることをやめて触った』（書肆侃侃房）

**木下龍也**　きのした・たつや

一九八八年生まれ、山口県出身。歌集に『つむじ風、ここにあります』『きみを嫌いな奴はクズだよ』『玄関の覗き穴から差してくる光のように生まれたはずだ』（岡野大嗣との共著）『オールアラウンドユー』『荻窪メリーゴーランド』（鈴木晴香との共著）。短歌入門書『天才による凡人のための短歌教室』、「お題」を受けて作歌する、短歌の個人販売プロジェクトを書籍化した『あなたのための短歌集』、『すごい短歌部』など著書多数。

P.13　花束を～

『つむじ風、ここにあります』（書肆侃侃房）

**青松輝**　あおまつ・あきら

一九九八年生まれ、大阪府出身。歌集に『4』。

P.14　花といえば～

『4』（ナナロク社）

**水原紫苑**　みずはら・しおん

一九五九年生まれ、神奈川県出身。第五三回短歌研究賞受賞。歌集に

『びあんか』（第三四回現代歌人協会賞）『くわんおん』（第一〇回河野愛子賞）『あかるたへ』（第五回山本健吉文学賞、第一〇回若山牧水賞）『えぴすとれー』（第二八回紫式部文学賞）『如何なる花束にも無き花を』（第六二回毎日芸術賞）『快樂』（第五七回迢空賞、第二一回前川佐美雄賞）など、エッセイ『桜は本当に美しいのか——欲望が生んだ文化装置』など著書多数。

P.15　こぼれたる～
『客人（まらうど）』（沖積舎）

**岡野大嗣**　おかの・だいじ

一九八〇年生まれ、大阪府出身。歌集に『サイレンと犀』『たやすみなさい』『玄関の覗き穴から差してくる光のように生まれたはずだ』（木下龍也との共著）『音楽』『うれしい近況』。短歌×散文集『うたたねの地図　百年の夏休み』など著書多数。

P.16　マーガレットと～
『サイレンと犀』（書肆侃侃房）

**内山晶太**　うちやま・しょうた

一九七七年生まれ、千葉県出身。短歌結社「短歌人会」所属。「外出」「pool」同人。第一三回短歌現代新人賞受賞。歌集に『窓、その他』（第五七回現代歌人協会賞）。

P.17　たんぽぽの～
『窓、その他』（書肆侃侃房）

**山階基**　やましな・もとい

一九九一年生まれ、広島県出身。歌集に『風にあたる』『夜を着こなせたなら』。

P.18　菜の花を～
『風にあたる』（短歌研究社）

**大森静佳**　おおもり・しずか

一九八九年生まれ、岡山県出身。

短歌結社「塔」所属。第五六回角川短歌賞受賞。歌集に『てのひらを燃やす』『カミーユ』『ヘクタール』（第四回塚本邦雄賞）。歌書に『この世の息　歌人・河野裕子論』。

P.19　ずっと味方で〜

『カミーユ』（書肆侃侃房）

**初谷むい**　はつたに・むい

一九九六年生まれ、北海道出身。歌集に『花は泡、そこにいたって会いたいよ』『わたしの嫌いな桃源郷』。

P.20　それはたとえば、〜

『わたしの嫌いな桃源郷』（書肆侃侃房）

**長谷川麟**　はせがわ・りん

一九九五年生まれ、岡山県出身。第一〇回現代短歌社賞受賞。歌集に『延長戦』。

P.21　かなしんで〜

『延長戦』（現代短歌社）

**鈴木ジェロニモ**　すずき・じぇろにも

一九九四年生まれ、栃木県出身。プロダクション人力舎所属のピン芸人として活動。J-WAVE「GURU GURU」『半径3mの違和感短歌』ナビゲーターとして週四本新作短歌を披露している。プチ歌集『晴れていたら絶景』、その他著書に『水道水の味を説明する』。

P.22　県立の〜

『晴れていたら絶景』（芸人短歌）

**上坂あゆ美**　うえさか・あゆみ

一九九一年生まれ、静岡県出身。歌集に『老人ホームで死ぬほどモテたい』。歌書に『歌集副読本『老人ホームで死ぬほどモテたい』と『水上バス浅草行き』を読む』（岡本真帆との共著）、エッセイ集に『地球と書いて〈ほし〉って読むな』。

P.23　桜舞う〜

『老人ホームで死ぬほどモテたい』（書

肆侃侃房）

林あまり　はやし・あまり

一九六三年生まれ、東京都出身。歌集に『MARS《マース》☆ANGEL《エンジェル》』『ベッドサイド』『スプーン』など多数。演劇評論ほか多ジャンルで活動。坂本冬美『夜桜お七』（三木たかし作曲）の作詞家としても知られる。

P.24　さくらさくら～
『MARS《マース》☆ANGEL《エンジェル》』（沖積舎）

宇野なずき　うの・なずき

一九八九年生まれ、兵庫県出身。歌集に『最初からやり直してください』『花で汚れる』『願ったり叶わなかったり』。

P.25　ベランダが～
『花で汚れる』（私家版）

寺井奈緒美　てらい・なおみ

一九八五年生まれ、ホノルル出身。エッセイスト、habotan 名義で土人形作家としても活動。歌集に『アーのようなカー』。エッセイ集に『生活フォーエバー』。

P.26　花びらを～
『アーのようなカー』（書肆侃侃房）

近江瞬　おおみ・しゅん

一九八九年生まれ、宮城県出身。短歌結社「塔」所属。短歌部カプカプ代表。第九回塔新人賞、第十回塔短歌会賞受賞。ラジオ石巻「短歌部カプカプのたんたか短歌」パーソナリティ。歌集に『飛び散れ、水たち』。

P.27　葉桜が～
『飛び散れ、水たち』（左右社）

宇都宮敦　うつのみや・あつし

一九七四年生まれ、千葉県出身。歌集に『ピクニック』。

P.31　わたしクラスで～
『ピクニック』（現代短歌社）

永井祐　ながい・ゆう
一九八一年生まれ、東京都出身。歌集に『日本の中でたのしく暮らす』『広い世界と2や8や7』（第二回塚本邦雄賞）。
P.32　看板の下で～
『日本の中でたのしく暮らす』（短歌研究社）

北谷雪　きたや・ゆき
一九八八年生まれ、埼玉県出身。新聞歌壇のほか、短歌投稿サイト「うたの日」、ネットプリント「不穏婦人会」などで短歌を発表。
P.33　白つつじは～
東京新聞二〇二四年五月一九日付朝刊
「東京歌壇」東直子選

吉川宏志　よしかわ・ひろし
一九六九年生まれ、宮崎県出身。短歌結社「塔」主宰。第四一回短歌研究賞、第一二回現代短歌評論賞受賞。歌集に『青蟬』（第四〇回現代歌人協会賞）『夜光』（第九回ながらみ現代短歌賞）『海雨』（第一一回寺山修司短歌賞、第七回山本健吉文学賞）『鳥の見しもの』（第二一回若山牧水賞）『雪の偶然』（第五八回迢空賞）など多数。
P.34　花水木の～
『青蟬』（砂子屋書房）

堀静香　ほり・しずか
一九八九年生まれ、神奈川県出身。エッセイストとしても活動。「かばん」会員。歌集に『みじかい曲』（第五〇回現代歌人集会賞）。エッセイ集に『せいいっぱいの悪口』『がっこうはじごく』『わからなくても近くにいてよ』。
P.35　スクランブル～

『みじかい曲』（左右社）

**五島諭**　ごとう・さとし

一九八一年生まれ。歌集に『緑の祠』。

P.36　栗の花～
『緑の祠』（書肆侃侃房）

**東直子**　ひがし・なおこ

一九六三年生まれ、広島県出身。「かばん」会員。第七回歌壇賞受賞。歌集に『春原さんのリコーダー』『青卵』『回転ドアは、順番に』（穂村弘との共著）『水歌通信』（くどうれいんとの共著）、歌書に『短歌の時間』『現代短歌版百人一首』など。小説、児童文学、詩、イラストレーションなど多ジャンルで活動。小説『とりつくしま』『ひとっこひとり』『フランネルの紐』、エッセイ集『魚を抱いて』、詩集『朝、空が見えます』など著書多数。

P.37　濡れたまま～
『青卵』（ちくま文庫）

**谷川由里子**　たにがわ・ゆりこ

一九八二年生まれ、神奈川県出身。第一回笹井宏之賞大森静佳賞受賞。歌集に『サワーマッシュ』。

P.38　芍薬を～
『サワーマッシュ』（左右社）

**北山あさひ**　きたやま・あさひ

一九八三年生まれ、北海道出身。短歌結社「まひる野」所属。第七回現代短歌社賞受賞。歌集に『崖にて』（第六五回現代歌人協会賞、第二七回日本歌人クラブ新人賞、第三六回北海道新聞短歌賞）『ヒューマン・ライツ』。

P.39　「ぼく」という～
『ヒューマン・ライツ』（左右社）

**井上法子**　いのうえ・のりこ

一九九〇年生まれ、福島県出身。高校在学中に福島県文学賞（短歌部門）青少年奨励賞、同賞（詩部門）奨励賞受賞。歌集に『永遠でないほうの火』『すべてのひかりのために』。

P.40　立ち葵〜

『すべてのひかりのために』（書肆侃侃房）

**濱田友郎**　はまだ・ともろう

一九九五年生まれ、奄美大島出身。

P.41　ありとある〜

『京大短歌』二五号

**土岐友浩**　とき・ともひろ

一九八二年生まれ、愛知県出身。歌誌「西瓜」所属。歌集に『Bootleg』（第四一回現代歌人集会賞）『僕は行くよ』『ナムタル』。

P.42　南天は〜

『僕は行くよ』（青磁社）

**馬場めぐみ**　ばば・めぐみ

一九八七年生まれ、北海道出身。第五四回短歌研究新人賞受賞。

P.43　眼裏に〜

『短歌研究』二〇一八年八月号（短歌研究社）

**荻原裕幸**　おぎはら・ひろゆき

一九六二年生まれ、愛知県出身。「東桜歌会」主宰、同人誌「短歌ホリック」発行人。第三〇回短歌研究新人賞、名古屋市芸術奨励賞受賞。歌集に『青年霊歌』『甘藍派宣言』『あるまじろん』『世紀末くん！』『デジタル・ビスケット』『リリカル・アンドロイド』（第一一回中日短歌大賞）『永遠よりも少し短い日常』。

P.44　戦争が〜

『あるまじろん』（沖積舎）

吉田竜宇　よしだ・りゅう

一九八七年生まれ。第五三回短歌研究新人賞受賞。

P.45　コピー機の〜

『京大短歌』一七号

水野葵以　みずの・あおい

一九九三年生まれ、東京都出身。歌集に『ショート・ショート・ヘアー』、エッセイに『牛肉とエリンギの炒め物』。

P.46　ピーマンの〜

『ショート・ショート・ヘアー』（書肆侃侃房）

谷じゃこ　たに・じゃこ

一九八三年生まれ、大阪府出身。短歌のZINEやフリーペーパーを発行。『クリーン・ナップ・クラブ』『ヒット・エンド・パレード』『バッテラ』など。

P.47　キンギョソウの〜

『うたつかい』二〇一五年四月号

小坂井大輔　こざかい・だいすけ

一九八〇年生まれ、愛知県出身。「RANGAI」「短歌ホリック」同人。歌集に『平和園に帰ろうよ』。

P.48　花の世話に〜

『短歌研究』二〇二二年八月号（短歌研究社）

奥村晃作　おくむら・こうさく

一九三六年生まれ、長野県出身。短歌結社「コスモス」元選者。一九七七年コスモス賞受賞。日常に起きることを題材に、平易な言葉で短歌を作る「ただごと歌」の代表者。歌集に『三齢幼虫』『鬱と空』『八十一の春』『象の眼』『蜘蛛の歌』など多数。

P.49　ヒマラヤの〜

『キケンの水位』（短歌研究社）

中井スピカ　なかい・すぴか

一九七五年生まれ、大阪府出身。短歌結社「塔」所属、「Lily」同人。第三三回歌壇賞受賞。歌集に『ネクタリン』（第三〇回日本歌人クラブ新人賞）。

P.50　季節ごと～

『ネクタリン』（本阿弥書店）

揺川たまき　ゆりかわ・たまき

二〇〇〇年生まれ、富山県出身。第五回福岡女学院短歌コンクール高校生の部最優秀賞受賞。

P.51　ユリの花粉～

『Q短歌会』第五号

江戸雪　えど・ゆき

一九六六年生まれ、大阪府出身。「西瓜」「Lily」同人。歌集に『百合オイル』『椿夜』（二〇〇一年咲くやこの花賞文芸部門受賞、第一〇回ながらみ現代短歌賞受賞）『Door』『駒鳥《ロビン》』『声を聞きたい』『カーディガン』、短歌入門書『今日から歌人！』など。

P.52　百合をうかべた～

『椿夜』（砂子屋書房）

光森裕樹　みつもり・ゆうき

一九七九年生まれ、兵庫県出身。第五四回角川短歌賞受賞。歌集に『鈴を産むひばり』（第五五回現代歌人協会賞）『うづまき管だより』（電子書籍）『山椒魚が飛んだ日』。

P.53　花積めば～

『鈴を産むひばり』（港の人）

井口可奈　いぐち・かな

一九八八年生まれ、北海道出身。第一一回現代短歌社賞受賞。歌集に『わるく思わないで』、お笑い芸人による短歌アンソロジー『芸人短歌』編著。第三回京都大学新聞文学賞大賞、第一回円錐新鋭作品賞うずまき賞受賞、第四回ことばと新人賞佳作。

P.54　わたしたち、〜

『わるく思わないで』（現代短歌社）

川野里子　かわの・さとこ

一九五九年生まれ、大分県出身。短歌結社「かりん」編集委員。歌集に『太陽の壺』（第一三回河野愛子賞）『王者の道』（第一五回若山牧水賞）『硝子の島』（第一〇回小野市詩歌文学賞）『歓待』（第七一回読売文学賞）『ウォーターリリー』（第二二回前川佐美雄賞）など多数。評論集に『幻想の重量　葛原妙子の戦後短歌』（第六回葛原妙子賞）『七十年の孤独　戦後短歌からの問い』『鑑賞　葛原妙子』など。

P.55　生まれたら〜

『ウォーターリリー』（短歌研究社）

早坂類　はやさか・るい

山口県出身。歌集に『風の吹く日にベランダにいる』『黄金の虎／ゴールデンタイガー』『早坂類自選歌集』『ヘヴンリー・ブルー』。現代詩、小説など多ジャンルで活動。小説『ルピナス』『睡蓮』など。青木景子名義での著書もある。

P.59　ヘヴンリー・〜

『早坂類自選歌集』（RANGAI文庫）

山中千瀬　やまなか・ちせ

一九九〇年生まれ、愛媛県出身。歌集に『死なない猫を継ぐ』。「唐崎昭子」名義でイラスト・装丁の活動も行う。

P.60　宿敵と〜

『死なない猫を継ぐ』（典々堂）

睦月都　むつき・みやこ

一九九一年生まれ。「かばん」会

員。相田奈緒、坂中真魚とともに「神保町歌会」を、温、吉田恭大とともに「うたとポルスカ」を運営。第六三回角川短歌賞受賞。歌集に『Dance with the invisibles』（第六八回現代歌人協会賞）。

P.61　花提げて〜

『Dance with the invisibles』（角川書店）

---

## 藪内亮輔　やぶうち・りょうすけ

一九八九年生まれ、京都府出身。短歌結社「塔」所属。二〇一二年、塔短歌賞、第五八回角川短歌賞受賞。歌集に『海蛇と珊瑚』（第四五回現代歌人集会賞）。『心臓の風化』。

P.62　枯れたから〜

『海蛇と珊瑚』（角川書店）

---

## 千種創一　ちぐさ・そういち

一九八八年生まれ、愛知県出身・中東在住。二〇一三年第三回塔新人賞、二〇二一年現代詩「ユリイカの新人」受賞。歌集に『砂丘律』（第二二回日本歌人クラブ新人賞、第九回日本一行詩大賞新人賞）『千夜曳獏』。詩集に『イギ』。

P.63　さよならは〜

『千夜曳獏』（青磁社）

---

## 本多真弓　ほんだ・まゆみ

短歌結社「未来」所属。二〇一〇年、未来年間賞受賞。二〇一二年、未来賞受賞。歌集に『猫は踏まずに』。

P.64　ああちゃんと〜

『猫は踏まずに』（六花書林）

---

## 小佐野彈　おさの・だん

一九八三年生まれ、東京都出身。「かばん」会員。第六〇回短歌研究新人賞受賞。歌集に『メタリック』（第六三回現代歌人協会賞、第一二回（池田晶子記念）わたくし、つまりNobody賞）。小説家としても活動。

小説に『車軸』『僕は失くした恋しか歌えない』。
P.65　二元論〜
『メタリック』（短歌研究社）

**阿波野巧也**　あわの・たくや
一九九三年生まれ、大阪府出身。「羽根と根」同人。第五回塔新人賞、第一回笹井宏之賞永井祐賞受賞。歌集に『ビギナーズラック』。
P.66　きみの書く〜
『ビギナーズラック』（左右社）

**くどうれいん**
一九九四年生まれ、岩手県出身。短歌結社「コスモス」所属。歌集に『水中で口笛』、東直子との共著『水歌通信』。小説『氷柱の声』（第一六五回芥川賞候補作）、エッセイ集、絵本など著書多数。
P.67　ガーベラも〜
『水中で口笛』（左右社）

**上澄眠**　うわずみ・みん
一九八三年生まれ、神奈川県出身。短歌結社「塔」所属。歌集に『苺の心臓』。
P.68　アパートまで〜
『苺の心臓』（青磁社）

**伊舎堂仁**　いしゃどう・ひとし
一九八八年生まれ、沖縄県出身。歌集に『トントングラム』『感電しかけた話』。
P.69　みんなどの〜
『感電しかけた話』（書肆侃侃房）

**水野しず**　みずの・しず
一九八八年生まれ、岐阜県出身。ミスiD2015グランプリ受賞後、コンセプトクリエイター／POP思想家として、イラストや文筆を中心に活動。歌集『見て見ぬフリをされるのに失敗』『試着室から出てきた人みたいな雰囲気で生きる以外のやり方を私はまだ知らない。』を私家版で刊行したのち、二〇二四年に左右社より『抜け出しても抜け出しても変なパーティー』を刊行。エッセイ集に『親切人間論』『正直個性論』など。

P.70　花全部、〜

『抜け出しても抜け出しても変なパーティー』（左右社）

**ショージサキ**

一九九二年生まれ、新潟県出身。第六五回短歌研究新人賞受賞。

P.71　花を踏む〜

『短歌研究』二〇二二年七月号（短歌研究社）

**尾崎まゆみ**　おざき・まゆみ

一九五五年生まれ、愛媛県出身。短歌結社「玲瓏」撰者、編集委員。第三四回短歌研究新人賞受賞。歌集に『微熱海域』『酸つぱい月』『真珠鎖骨』『時の孔雀』『明媚な闇』（日本歌人クラブ近畿ブロック優良歌集賞）『奇麗な指』『ゴダールの悪夢』。歌書に『レダの靴を履いて塚本邦雄の歌と歩く』、『塚本邦雄歌集』編著など。

P.72　吾亦紅〜

『ゴダールの悪夢』（書肆侃侃房）

**川野芽生**　かわの・めぐみ

一九九一年生まれ、神奈川県出身。小説家、文学研究者としても活動。第二九回歌壇賞受賞。歌集に『Lilith』（第六五回現代歌人協会賞）『星の嵌め殺し』など。小説に『無垢なる花たちのためのユートピア』『月面文字翻刻一例』『奇病庭園』『Blue』（第一七〇回芥川賞候補作）、エッセイ集『かわいいピンクの竜になる』など。

P.73　無性愛者《アセクシャル》の〜

『Lilith』（書肆侃侃房）

椛沢知世　かばさわ・ともよ

一九八八年生まれ、東京都出身。短歌結社「塔」所属。第四回笹井宏之賞大賞受賞。歌集に『あおむけの踊り場であおむけ』。

P.74　彼岸花の〜

『あおむけの踊り場であおむけ』（書肆侃侃房）

平岡直子　ひらおか・なおこ

一九八四年生まれ、長野県出身。「外出」同人。第二三回歌壇賞受賞。歌集に『みじかい髪も長い髪も炎』（第六六回現代歌人協会賞）。

二〇一五年から川柳作家としても活動。川柳句集に『Ladies and』。

P.75　もしわたしが〜

『アンソロジスト』vol.4（田畑書店）

松野志保　まつの・しほ

一九七三年生まれ、山梨県出身。短歌結社「月光の会」所属。歌集に『モイラの裔』『Too Young To Die』『われらの狩りの掟』。

P.76　くちびるを〜

『われらの狩りの掟』（ふらんす堂）

奥田亡羊　おくだ・ぼうよう

一九六七年生まれ、京都府出身。短歌結社「心の花」所属。第四八回短歌研究新人賞受賞。歌集に『亡羊』（第五二回現代歌人協会賞）『男歌男』（第一六回前川佐美雄賞）『花』（第二七回若山牧水賞）。

P.77　俺とお前が〜

『男歌男』（短歌研究社）

笠木拓　かさぎ・たく

一九八七年生まれ、新潟県出身。「遠泳」同人。歌集に『はるかカーテンコールまで』（第二回高志の国詩歌賞、第四六回現代歌人集会賞）。

P.78　花瓶だけ〜

『はるかカーテンコールまで』(港の人)

**伊藤紺**　いとう・こん

一九九三年生まれ、東京都出身。歌集『肌に流れる透明な気持ち』『満ちる腕』を私家版で刊行したのち、二〇二二年に短歌研究社より両作を商業出版として同時刊行。その他歌集に『気がする朝』。

P.79　口ぐせを～

『肌に流れる透明な気持ち』(短歌研究社)

**小俵鱚太**　こたわら・きすた

一九七四年生まれ。短歌結社「短歌人会」、短歌ユニット「たんたん拍子」所属。第二回笹井宏之賞長嶋有賞受賞。歌集に『レテ／移動祝祭日』。

P.80　「ねえ、これは～

『レテ／移動祝祭日』(書肆侃侃房)

**廣野翔一**　ひろの・しょういち

一九九一年生まれ、大阪府出身。短歌結社「塔」所属、「穀物」「短歌ホリック」同人。歌集に『weathercocks』。

P.81　花束を～

『weathercocks』(短歌研究社)

**山崎聡子**　やまざき・さとこ

一九八二年生まれ、栃木県出身。第五三回短歌研究新人賞受賞。歌集に『手のひらの花火』(第一四回現代短歌新人賞)『青い舌』(第三回塚本邦雄賞)。

P.82　くるう、って～

『青い舌』(書肆侃侃房)

**石井僚一**　いしい・りょういち

一九八九年生まれ、北海道出身。第五七回短歌研究新人賞受賞。歌集に『死ぬほど好きだから死なねーよ』、『目に見えないいほどちいさくて命を奪うほどのさよなら』『・』（ともに電子書籍）。

P.83　花束と〜

『死ぬほど好きだから死なねーよ』（短歌研究社）

**太田垣百合子**　おおたがき・ゆりこ

大阪府出身。歌集『新短歌教室の歌集1』入集、ミニ歌集に『あんろろめら銀河』。

P.87　人類各位〜

『あんろろめら銀河』（SPBS）

**服部真里子**　はっとり・まりこ

一九八七年生まれ、神奈川県出身。第二四回歌壇賞受賞。歌集に『行け広野へと』（第二一回日本歌人クラブ新人賞、第五九回現代歌人協会賞）『遠くの敵や硝子を』。

P.88　水仙と〜

『遠くの敵や硝子を』（書肆侃侃房）

**沼尻つた子**　ぬまじり・つたこ

一九七一年生まれ、栃木県出身。短歌結社「塔」所属。二〇〇九年与謝野晶子短歌文学賞姉妹賞、第二回塔新人賞受賞。歌集に『ウォータープルーフ』。

P.89　捨ててきた〜

『ウォータープルーフ』（青磁社）

**小島なお**　こじま・なお

一九八六年生まれ、東京都出身。短歌結社「コスモス」所属。第五〇回角川短歌賞受賞。歌集に『乱反射』（第八回現代短歌新人賞、第一〇回駿河梅花文学賞、桐谷美玲主演・谷口正晃監督により映画化）『サリンジャーは死んでしまった』『展開図』。歌書に『短歌部、ただいま部員募集中！』（千葉聡との共著）。

P.90　自分こそ〜

『展開図』（柊書房）

**俵万智**　たわら・まち

一九六二年生まれ、大阪府出身。短歌結社「心の花」所属。第三二回角川短歌賞受賞。第一歌集『サラダ記念日』（第三二回現代歌人協会賞）がベストセラーとなり、現在二八五万部と世代を超えて読み継がれている。その他の歌集に『かぜのてのひら』『チョコレート革命』『プーさんの鼻』『オレがマリオ』『未来のサイズ』（第五五回迢空賞）『アボカドの種』。エッセイに『あなたと読む恋の歌百首』『たんぽぽの日々』など著書多数。

P.91　チューリップの〜

『かぜのてのひら』（河出書房新社）

**藤宮若菜**　ふじみや・わかな

一九九五年生まれ。歌集に『まばたきで消えていく』『天国さよなら』。

P.92　天才じゃ〜

『まばたきで消えていく』（書肆侃侃房）

**黒井いづみ**　くろい・いづみ

一九九一年生まれ、石川県出身。ミニ歌集に『わたしは緑』。

P.93　咲いている〜

『わたしは緑』（SPBS）

**金田光世**　かねた・みつよ

短歌結社「塔」所属。第一二回塔短歌会賞受賞。歌集に『遠浅の空』。

P.94　花なんか〜

『遠浅の空』（青磁社）

**木村比呂**　きむら・ひろ

京都府出身。枡野浩一による小説『ショートソング』内の作中作のひとつとして、短歌連作を提供。

P.95　花中葬〜

『ショートソング』（集英社文庫）

**鈴木晴香**　すずき・はるか

一九八二年生まれ、東京都出身。短歌結社「塔」所属。京都大学芸術と科学リエゾンライトユニット、「西瓜」同人。二〇一九年、パリ短歌イベント短歌賞にて在フランス日本国大使館賞受賞。歌集に『夜にあやまってくれ』『心がめあて』『荻窪メリーゴーランド』（木下龍也との共著）。

P.96　咲きすぎの〜

『夜にあやまってくれ』（書肆侃侃房）

**川村有史**　かわむら・ゆうし

一九八九年生まれ、青森県出身。第三回笹井宏之賞永井祐賞受賞。歌集に『ブンバップ』。

P.97　たくさんの〜

『ブンバップ』（書肆侃侃房）

**笹原玉子**　ささはら・たまこ

一九四八年生まれ。短歌結社「玲瓏」所属。歌集に『南風紀行』『われらみな神話の住人』『偶然、この官能的な』、詩集に「この焼跡の、ユメの、県《あがた》」。

P.98　数式を〜

『南風紀行』（書肆季節社）

**佐佐木定綱**　ささき・さだつな

一九八六年生まれ、東京都出身。短歌結社「心の花」所属。第六二回角川短歌賞受賞。歌集に『月を食う』（第六四回現代歌人協会賞）。

P.99　冷たい水〜

『月を食う』（角川書店）

**錦見映理子**　にしきみ・えりこ

一九六八年生まれ、東京都出身。短歌結社「未来」所属。歌集に『ガーデニア・ガーデン』、歌書に『めくるめく短歌たち』。小説家としても活動。小説に『リトルガールズ』（第三四回太宰治賞）『恋愛の発酵と腐敗について』。

P.100　いまきみが～

『ガーデニア・ガーデン』（本阿弥書店）

**中山俊一**　なかやま・しゅんいち

一九九二年生まれ、東京都出身。映画監督としてUFPFF国際平和映像祭二〇一二入選、脚本家として第一九回水戸短編映像祭グランプリなど。歌集に『水銀飛行』。

P.101　パイプ椅子～

『水銀飛行』（書肆侃侃房）

---

**藤井柊太**　ふじい・とうた

一九七七年生まれ、神奈川県出身。短歌結社「短歌人会」所属、「半夏生の会」「鯉派」同人。

P.102　花小金井の～

『現代短歌』二〇二五年一月号（現代短歌社）

**工藤吉生**　くどう・よしお

一九七九年生まれ、千葉県出身。第六一回短歌研究新人賞受賞。歌集に『世界で一番すばらしい俺』（剛力彩芽主演・山森正志監督で短編映画化）『沼の夢』。

---

P.103　いいことは～

『世界で一番すばらしい俺』（短歌研究社）

**高柳蕗子**　たかやなぎ・ふきこ

一九五三年生まれ。「かばん」「鹿首」同人。歌集に『ユモレスク』『回文兄弟』『あたしごっこ』『潮汐性母斑通信』『高柳蕗子全歌集』。短歌評論集に『短歌の生命反応』『短歌の酵母』シリーズなど。

P.104　白木蓮～

『高柳蕗子全歌集』（沖積舎）

**枡野浩一**　ますの・こういち

一九六八年生まれ、東京都出身。歌集に『てのりくじら』『ドレミふぁんくしょんドロップ』『ますの。』『歌ロングロングショートソングロング』『毎日のように手紙は来るけれどあなた以外の人からである　枡野浩一全短歌集』。小説『ショートソング』、歌書『かんたん短歌の作り方』など著書多数。一九九九年、NHK『詩のボクシング2』優勝、二〇一一年、「踊る！ヒット賞!!」二〇二二年、小沢健二とスチャダラパーが選ぶ「今夜は短歌で賞」受賞。二〇二四年よりタイタン所属のピン芸人としても活動。

P.105　満開の〜

『毎日のように手紙は来るけれどあなた以外の人からである　枡野浩一全短歌集』（左右社）

**雪舟えま**　ゆきふね・えま

一九七四年生まれ、北海道出身。小説家としても活動。歌集に『たんぽるぽる』『はーはー姫が彼女の王子たちに出逢うまで』『緑と楯　ロングロングデイズ』。小説『タラチネ・ドリーム・マイン』『プラトニック・プラネッツ』『緑と楯　ハイスクール・デイズ』、絵本『ナニュークたちの星座』、日記集『地球の恋人たちの朝食』など著書多数。

P.106　チョコバーが〜

『たんぽるぽる』（短歌研究社）

**丸田洋渡**　まるた・よっと

一九九八年生まれ、愛媛県出身。短詩系webサイト「帚」運営、短歌ユニット「第三滑走路」参加。「第三回ナナロク社 あたらしい歌集選考会」で木下龍也により選出。

P.107　花の盛りの〜

https://note.com/jellyfish1118/n/n37022b63f73e

**岡本真帆**　おかもと・まほ

一九八九年生まれ、高知県出身。歌集に『水上バス浅草行き』『あかるい花束』。歌書に『歌集副読本『老人ホームで死ぬほどモテたい』と『水上バス浅草行き』を読む』(上坂あゆ美との共著)。

P.108　あなたと過ごした〜
『あかるい花束』(ナナロク社)

**山田航**　やまだ・わたる

一九八三年生まれ、北海道出身。「かばん」会員。第五五回角川短歌賞、第二七回現代短歌評論賞受賞。歌集に『さよならバグ・チルドレン』(第二七回北海道新聞短歌賞、第五七回現代歌人協会賞)『水に沈む羊』『寂しさでしか殺せない最強のうさぎ』。短歌アンソロジー『桜前線開架宣言 Born after 1970 現代短歌日本代表』編著など。

P.109　摘む花を〜
『寂しさでしか殺せない最強のうさぎ』(書肆侃侃房)

**堂園昌彦**　どうぞの・まさひこ

一九八三年生まれ、東京都出身。「pool」同人。歌集に『やがて秋茄子へと到る』。

P.110　シロツメクサの〜
『やがて秋茄子へと到る』(港の人)

**盛田志保子**　もりた・しほこ

一九七七年生まれ、岩手県出身。短歌結社「未来」所属。二〇〇〇年、短歌コンクール「うたう」作品賞受賞。歌集に『木曜日』。随想集に『五月金曜日』。

P.111　春の日の〜
『木曜日』(書肆侃侃房)

花のうた

二〇二五年三月二十一日　第一刷発行
二〇二五年七月二十四日　第二刷発行

編　者　左右社編集部
編　集　筒井菜央
装　幀　脇田あすか

発行者　小柳学
発行所　株式会社左右社
東京都渋谷区千駄ヶ谷三丁目五五-一二
ヴィラパルテノンB1
TEL　〇三-五七八六-六〇三〇
FAX　〇三-五七八六-六〇三二
https://www.sayusha.com

印刷所　創栄図書印刷株式会社

 ISBN978-4-86528-462-1